KB130205

대왕암 일출

문효치 시선집

도서출판 청어

대왕암 일출

문효치 지음

발행처 · 도서출판 청어
발행인 · 이영철
영 업 · 이동호
홍 보 · 최윤영
기 획 · 천성래 | 이용희
편 집 · 방세화 | 이서윤
디자인 · 김바라 | 서경아
제작부장 · 공병한
인 쇄 · 두리터

등 록 · 1999년 5월 3일(제22-1541호)

1판 1쇄 인쇄 · 2014년 11월 15일
1판 1쇄 발행 · 2014년 11월 25일

주소 · 서울 서초구 효령로55길 45-8
대표전화 · 586-0477
팩시밀리 · 586-0478

홈페이지 · www.chungeobook.com
E-mail · ppi20@hanmail.net
ISBN · 979-11-85482-65-1(03810)

이 도서의 국립중앙도서관 출판시도서목록(CIP)은 서지정보유통지원시스템 홈페이지 http://seoji.nl.go.kr)와 국가자료공동목록시스템(http://www.nl.go.kr/kolisnet)에서 이용하실 수 있습니다.(CIP제어번호: CIP2014028350)

대왕암 일출

자서自序

곤고한 삶이여, 이제 위로를 받으라.

시의 사제로서 오십 년 가까운 세월이다. 시를 위해 제사 지내며 내 영혼이 녹슬지 않기를 소망했다.

시 앞에서 너무 경직되어 있는지 모르지만, 이 경직이 나의 문안이요 나아가 구원이다.

살점을 뚝뚝 떼어 시에 붙이고 피를 쏟아 시를 적셨다. 내놓기 부끄러운 말붙이들, 그러나 이 부끄러움 또한 오늘은 나의 자랑도 될지니, 시에 대한 사랑이여 영원히 깨어 있으라.

차례

1부.
알락귀뚜라미

2부.
원촌의 저녁

3부.
고로쇠나무 밑에서 만나리

4부.
무령왕비의 은팔찌

1부

알락귀뚜라미

꺼꾸로여덟팔나비

시인은 세상을 꺼꾸로 보기도 한다지만
시인도 아닌 이들이 내 이름에
'꺼꾸로여덟팔' 을 붙였을까

날개 가운데 새겨진 흰 띠 무늬는
꽁무니 쪽에서 보면 거꾸로 여덟 팔 자지만
얼굴 쪽에서 보면 옳은 여덟 팔 자요
그것도 석봉이나 추사의 글씨보다 더 아름다운데

왜?
얼굴을 대면하기가 껄끄러운가?
하기사 인간들이란 부끄러운 일도 많아 그렇긴 하겠
지만

미운사슴벌레

누가 내 이름을 지었는가
'미운' 이라니

아무리 못생겼다 해도
친구들 이름은 '홍원표비단사슴벌레' '애사슴벌레'
'왕사슴벌레' '홍다리사슴벌레' 등 괜찮은데

그래, 너희가 나를 미워하지만
작은 야산 하나 내 영지로 삼고
거기 내 일터와 쉼터를 장만하면서 살고 있는 것을

아직은 더럽혀지지 않은 가슴에
붓꽃도 길러가며

꽃의 보라색 언저리에
암내 같은 묘한 향도 맡아가며

사랑도 하며

나는 '사슴' 이 아닌 '가슴벌레'
내 가슴속엔
아직도 맑은 바람이 가득하나니

개똥벌레

이름이 좋아야 팔자가 좋다
'똥' 자가 들어가니 행운이 나를 피하고
거기에 '개' 자가 앞에 놓이니 운명이 더욱 기구崎嶇하
구나

파리 그놈은 늘 똥 위에 앉아 있어도
파리파리파리파리…… 그 이름이 얼마나 아름다운가
모기 그놈도 남의 피를 빨아먹고 살지만
모기모기모기모기…… 그 소리 듣기 괜찮다
그놈들은 이름 덕분에 자손만대 번창하는데
'개똥' 이라니, 이름 한번 더럽다

이제 자손이 귀해
대가 끊기고 집안이 망할 지경이다

세상에 허울만 좋아서
팔자 펴는 놈들이 참 많다

별박이자나방

등에
외계로 가는 길이 보인다
피타고라스가 걷던 길에
에너지가 모여들어
거대한 별들의 숲이 자라고
우리의 삶이 하늘로 이어진다
이 길에서 권력이 나온다
하늘의 입구에 백로자리가 날개를 펄럭인다
우주의 축이 수직으로 일어선다

풀종다리

악기를 만들고 있다
풀대를 꺾어 다듬고
별빛 잘라내어 현絃을 단다

먼 기억의 그늘에 고스란히 남아 있는
바람소리 들여놓고

어젯밤 꿈속에 흘러내리던
와폭臥瀑의 물소리도 담는다

자, 누가 와서 함께 이 악기를 켜자
후이리리리~ 후이리리리~

고갱의 여인이
그림 밖으로 나와 춤춘다
후이리리리~ 후이리리리~ 후이리리리~

모시나비

고치 속에
부처님 한 분 계신다

햇빛 같은 실로
온몸을 감싸고

눈 감고 귀 막고 입 닫고
그리고 숨도 쉬지 않으면서
묵언 정진하다가

계절이 바뀌고
맑은 날 올 때
문득 툭툭 털고 깨어나

징그러웠던 몸에
날개를 달고 허공에 띄워 올릴 때

벌레는 어느덧 부처가 된다

금테비단벌레

파란 사탕이
보석이라고 생각한 때가 있었다

눈이 맑아
세상이 온통 아름답게만 보이던
내 다섯 살

입속에 넣고 굴리던 사탕을 꺼내어
초겨울 푸른 하늘 향해 들어보면서
그 파란 광채로 눈을 닦다가

그만 놓쳐 풀덤불 속에 빠뜨리고는
영영 찾지를 못하고
한동안 허하게 꺼져버린 가슴 안고 지내다가

얼마나 세월이 지났을까
이제 눈도 어두워 가물거리는데
풀숲에서 파란 광채를 보았다

살아서 꿈틀거리는 저 보석
흐린 내 눈으로 들어오고 있다

눈이 근질거린다
들어오면서 새 길을 내고 있기 때문이다

멧팔랑나비

4월의 해 한 점
떨어져 내려온다

떨어진 자리는
늘 아프다

아픔 한 점
팔랑팔랑 날다가

머리, 창공에 부딪는다
눈에 번쩍 번개 드는 날
떡갈나무 어린잎 밑에
알 하나 낳고

또다시 팔랑팔랑 날다가
가뭇없이 가버리는 그대

알락귀뚜라미

별똥별이 우리의 평상 위로
비처럼 내리던 때가 있었다

은하의 물결도
우리 모두 적시며 옷 속으로 흐르고
텃밭의 옥수숫잎은 흥건히 젖은 채
미역처럼 너울거리고 있었다

이럴 땐 백제의 귀뚜라미들이
평상 밑에서 일제히 울어댔다

어디선가 서역의 청색바람이 불어왔다
삼경이 이울 때
고구려의 닭이 울었다
신라의 부엉이도 같이 울었다

알락귀뚜라미 귀뚜라미 라미 미미미미…
저 세상으로부터 옮겨 오는 소리

풀에게

시멘트 계단 틈새에
풀 한 포기 자라고 있다
영양실조의 작은 풀대엔
그러나 고운 목숨 하나 맺혀 살랑거린다
비좁은 어둠 속으로 간신히 뿌리를 뻗어
연약한 몸 지탱하고 세우는데
가끔 무심한 구두 끝이 밟고 지날 때마다
풀대는 한 번씩 소스라쳐 몸져눕는다
발소리는 왔다가 황급히 사라지는데
시멘트 바닥을 짚고서 일어서면서 그 뒷모습을 본다
그리 짧지 않은 하루 해가 저물면
저 멀리에서 날아오는 별빛을 받아 숨결을 고르고
때로는 촉촉이 묻어오는 이슬에 몸을 씻는다
그 생애가 길지는 않을 테지만
그러나 고운 목숨 하나 말없이 살랑거린다

들꽃

누가 보거나 말거나
피네

누가 보거나 말거나
지네

한마디 말도 없이
피네 지네

개불알꽃

이렇게 아름다운
개불알을 보았는가

창씨개명이라도 하고 싶다
옛날, 한때 그것은 굴욕인 때가 있었다
그러나 지금 나는 굴욕을 벗어나기 위해
창씨개명 하고 싶다

시기와 아집으로 눈이 뻰 자들이
나에게 퍼부은 저주
나의 본색은 처참하게 짓밟힌다

나는 이름에 갇힌 죄인일 뿐
세상은 유배지다

노랑어리연꽃

푸른 하늘 깊게 들이마시고
문득 내려다보니
저 물 위에 노란별이 내려와 계신다

몇 억 광년은 족히 되었을 여정
우주의 어느 동네에서 내려오시느라
피곤도 했겠지만

간밤에 잠도 잘 주무셨는지
오늘 한낮 얼굴도 맑다

각시붓꽃

불면의 밤
뼛속으로는
뜨신 달이 들어오고

여기 체액을 섞어
허공에 환장할 그림을 그리는 것

유난히 암내도 많은
남의 각시

방동사니

방동사니에
손가락을 벤 적이 있었다

벤 자리에 방울방울 솟아오른 피가
내 유년의 한마디를 온통 적시고 있었다

줄기 하나에
수십 개의 날 선 칼을 달고
내 손가락뿐이 아니라

구름의 손가락 바람의 다리
하늘의 몸통을 베고 있었다

그까이꺼, 풀 풀 하면서 업신여겼던 풀, 그 풀에
나는 그만 풀이 죽어 고개 떨궈 울면서
붉은 피를 닦아내고 있었다

송사리

송사리를 잡으러 가려고
마루 밑에 굴러다니는
빈 병을 챙겼다

엄마가 말했다
— 송사리가 너 잡을라

들은 시늉도 하지 않고
달려 나가 냇물에 들었다

잡힐 듯 잡힐 듯 빠져나가는 놈들
헛손질만 반나절쯤 해대면서
점점 강심으로 들어가다가

물속 웅덩이를 헛디디고
엎어지고 말았다

코로 입으로 흙탕물이 들어왔다
허우적거리며 기어 나와
물먹은 몸으로 집에 왔을 때
— 송사리가 너 잡았구나

여섯 살
생애 첫 싸움은 KO패
그 맛은 흙탕물, 그 물맛이었다

앞산

감나무 한 그루
허리에 심었네

살을 썩혀
나무를 키웠네

봄빛 끌어안고 가버린 새
다시 돌아와 함께 울었네

청설모
— 커피 마시는 여인

커피집 아라비카 앞의 전나무
기둥과 가지들은
청설모가 다니는 길이다
커피향 묻은 밤알을 물고
오늘도 이 길을 간다
하늘이 푸르게 열린 날은
길도 꿈에 부푸는지
하늘 끝까지 뻗어 푸른 물감 저어댄다
그녀는 청설모와 함께 이 길을 걸어 하늘로 간다
아라비카 커피향에는 꿈속에서 춤추고 있던
더운 나라 흑인들의 신들린 몸짓이 녹아 있다
청설모 작은 입에선 싱싱하여 아직도 김이 오르는
그들의 함성 들려온다
보일 듯 말 듯 낮달도 함께 이 길로 가고 있다

옷

오리털 외투를 입었다
옷의 안쪽에서
꿱꿱꿱
오리 우는 소리가 났다

털 뽑힌 오리들은
구만리 장천, 그 너머 황천
이 눈보라 속에서 어디쯤 가고 있을까

우리들의 살 속에 황천이 있다
털을 남긴 오리들이 모여 있다

가끔 배가 아플 땐
입으로 넘긴 정로환을 쪼으며
꿱꿱꿱…

내 살 속에

내 살 속에
고향의 대추나무 옮겨 심어놓은 지 오래다
해마다 대추꽃이 피고
대추가 열리는데
이놈이 빨갛게 익을 때 보면
해내뜰 하늘 위에 뜨던 별이다

그 옛날 밤길을 가다 보면
그 별이 늘 나를 따라다니기는 했지만
몇 십 년이 지난 여기 서울에까지 따라다닐 줄은 몰랐다
이어서
감나무나 은행나무도 모두
내 살 속에 여기저기 옮겨 놓았더니
아, 그놈들도 똑같이 해내뜰 하늘 위의
그 별들을 몽땅 가져와서 매달고 있는 것이다
가을만 되면
그래, 내 살이 얼얼하고 후끈후끈 하는 것이다

참새

산책을 하다가
시장기가 돌아 떡 한 조각을 꺼내 먹는다
쌀 냄새를 맡았는지
참새가 내 앞에 내려앉아 기웃거린다
그렇지, 저나 나나 쌀을 좋아하는 공통점이 있었구나
가을, 벼가 익을 땐 쫓아도 쫓아도
한사코 논으로만 날아들던 놈들
푸른 하늘 우러러 노래하고
저녁엔 임 그리워 운다고 했지
생각해 보면
꿈, 사랑 등 공통점이 많다는 걸 모르고 살았구나
갑자기 미안하고 죄스럽다
어느 겨울 처마 밑을 뒤져
참새를 꺼내어 구워먹던 일을 생각하니
고압 전류에 감전된 듯
아르르 손목이 저려온다

2부

원촌의 저녁

가을 노래 · 1

우리의 사랑은 가을밤을 숨 몰아쉬고 칠흑漆黑의 거리로 가버렸네 오라, 길 잃은 자들이여 우리 모여 무엇을 잃었는가를 벗겨지는 잎새의 이야기처럼 말해보자 가을, 붉은 산에 묻혀 우는 개울의 흐름이여 네 여자의 푸른 치마폭처럼 조각조각 날리는 하늘의 노래에 번져가는 음조의 헝클림을 아느냐 길 없는 숲속에도 바람은 아무 데서나 모이네 우리 몸에서 떨어지는 잎은 불어 보내고 차츰 물기 걷히어가는 가지를 꺾어 태워 참으로 향내 나는 구름을 지어 띄우자 오라 잃은 자들이여 순교자의 머리 위에 내려지는 하늘 날으던 천사의 손과 같이 기우는 산빛이 몸에 스밀 때 허물어지는 바윗등에 마구 부벼대다가 놀란 새떼처럼 훨훨 날아가 버리는 살 어디로부터 온지도 모르는 이름과 나이를 이제 누구에게 건네일까 걷히어라 가을의 날개여 넓은 등에 피로한 목청을 싣고 내 이름과 나이를 싣고 날개를 파드겨 새파란 서슬로 사라져 가라

꽃 · 1

그대는 온다
어느 평범한 오후의 한적閑寂을 골라

아스라한 향기를 몰고
진붉은 빛깔을 거느리고
지하로부터 하늘로부터 그대는 온다

뇌수에서 자아내는
더운 눈물을 만나기 위해 온다

와서 살을 헤집고
내 머리통 속에 뚫린
까아만 허궁에 들어가
잠시 한 초롱불을 켜고
신접의 이삿짐도 들이고
뚝딱거리며 집도 짓다가

그대여 갑자기
불을 끄고
집도 헐고

다시 향기와 빛깔을 거두어
가버리는 그대여

바람 · I

낡은 어선을 이끌고
아직도 꿈이 살아 있는 어장을 찾아
늘 떠나고 있는
나는 어부

그러나 배에는 항상
병든 꽁치나 몇 마리
내 어획고는 이렇게 초라하다

오늘 찾아든 곳은 우연히도
마당비 거꾸로 세운 듯
논두렁 미루나무가 서 있는 산마을
푸르른 산 그림자, 노래하는 개울,
산새 꽃 그리고 산색시…

저 미루나무와 미루나무 사이
서둘러 그물을 치고
나는 풍어를 기다리지만

아 그물에 와 걸리는 건
나풀거리는 바람의
창백한 사체뿐

갑판 위에
깔깔한 불면증을 가득 싣고
떠나는 나는 어부

바람 · VI
— 병상에서

그대는 새떼 같은 졸개들을 거느리고 쳐들어온다 황산벌 옛 싸움터처럼 칼과 창을 휘두르며 함성을 치고 쳐들어온다 수백만 수천만의 화살 둥 둥 둥 둥 북을 울리며 제압할 수 없는 거센 힘이다 긴 수염과 해어진 옷자락을 나풀거리며 숲속을 빠지고 바다를 건너서 온다 그대는 수많은 팔다리를 달고 있다 바람이여 폭우와 해일을 이끌고 나에게 상륙하는 바람이여 내 가련한 어머니와 애인과 겨레를 잡아먹고 아직 비린내 나는 이빨을 드러내고 달려온다 그대의 입은 크다 어둡다 이마의 땀을 훔쳐내며 가쁜 숨을 몰아쉬고 군호에 대열을 맞춰 달려온다 갑자기 위축되며 두려워 떨고 있는 내 영토 짧은 영광의 성벽이 무너져 내린다 젊음을 구가謳歌하며 손수 올리던 색색의 깃발이 밟힌다 그대의 피는 검다 차다 시베리아에서도 오세아니아에서도 너는 침입해온다 또는 내 살 속에서도 뼛속에도 너는 있긴 있었다

저녁놀

새는 날아가 노을이 된다
명상의 숲이 우거진
내 머리에 앉아
한동안 새끼를 기르던
새떼, 새까만 새떼는
하늘로 날아올라
주홍빛 물감으로 채색을 하며
허무의 저녁을 태우는
노을이 된다
땅으로부터 보내지는
숱한 편지
사연 사연의 애타는 구절에
불을 댕겨
오늘 저녁
하늘은 탄다

초승달같이

소리는 들린다 몸뚱이로부터 빠져나가고 있는 혼령의 발소리 어디를 향한 탈출인가 용암처럼 붉게 녹아 흘러내리는 혼령의 비명소리는 크다 아직도 푸르른 시골의 꺼슬리는 바람 속에 고스란히 놓여 사는 왕성무, 고운 색시를 중매해 준다는 그 청년의 편지에 지금도 나는 회신을 쓰지 못한다 나를 점령해버리고만 힘, 시꺼먼 힘의 포승, 병명이 없는 병, 오 이 깊은 함정에서 빈 뱃속에 연기가 가득 찬다 소년이 놓치고 멍청히 쳐다보는 풍선처럼 가벼운 몸뚱이가 하늘로 떠오른다 앓아누운 초승달같이 검은 하늘에 가 눕는다

새 · 1

쫓겨난 새가 떨고 있다 엄동의 하늘 아래서 자유가 아닌 가사假死 포수의 살의가 심장을 꿰뚫지 않아도 스스로 죽어가고 있다 두 눈의 광채 속으로 피어나던 양양한 지평 장엄의 숲도 불타버리고 어두움 속으로 푸울풀 날리는 회색의 절망 슬퍼하라 노래여 네 손때에 길들인 한 채의 현금玄琴에 닝닝한 탄력을 실어 슬프디 슬픈 가락을 읊어다오 깃털, 한 잎 한 잎 떨어져 내리고 있는 비단의 깃털 깃털 깃털 깃털 깃털의 갈피갈피에 네 가락의 탄력을 실어 춤추게 하라 깃털의 영화로운 색채 색채의 임종을 위해

용유도龍遊島 장미

나비가 날아든다 나래에 햇빛과 바닷바람을 버무려 묻히고 꽃술에 날아든다 초저녁 이슬도 다 말라붙는 뜨거운 만남이다 가시 같은 건 후줄근히 녹아내리고 잎사귀 같은 건 고개를 숙여 비껴서는 여름이다 깊숙한 씨방에서 아우성으로 몰려나오는 향기의 출렁임 나비는 가벼운 몸을 출렁임의 탄력 위에 띄운다 바다가 환호하며 파도를 부스러뜨려 꽃잎 위에 뿌린다 닻을 올리며 섬이 뜬다 어둠의 덩어리를 빠개어내며 섬이 달린다

파도

파도는
힘을 가지고
섬을 부추겨 일으키고 있구나

섬을 일으켜
푸르게 높게 떠올리고 있구나

가슴 속에서
출렁거리는 사랑이여
네 힘이 스러지면
나는 곧 한 사발의 물에 불과함을
엎질러지는 물에 불과함을

파도는 몸으로 말하고 있구나
바위에 몸을 던져 깨뜨리면서
말하고 있구나

섬이 가라앉을까 두려워
파도는 그 신 잡힌 몸짓을 멈추지 못하고

사랑이여
한 사발의 물을 엎지르지 않기 위해
나에게서 떠나지를 못하는구나

지리산 시詩
— 메아리

산은 울고 있었다

뻐꾸기만 날아와도
산은 울었다

솔방울만 떨어져도
산은 울었다

말 못하는 산의
가슴속에
문둥이 같은 슬픔이 못 박혔나 보다

— 세상이란 덧없는 것 잊어라 잊어
때로는 안개가 와서 머리를 쓸어 주고
— 하늘 아래 슬픔이 너뿐이더냐 참아라 참아
때로는 바람이 와서 어깨를 두드려 주지만

산은 울고만 있었다

숨소리만 크게 내도
산은 울었다

그윽한 눈으로 바라만 봐도
산은 울었다

바다의 문·1

저 문을 통과하면서
빛은 키가 쑤욱 자랐다

어둠의 보자기에 감싸여
자라지 못한 왜소한 몸뚱이를
저 바다에 날려 목욕하면서
빛을 솔솔 살이 올라
해가 되었다

붉은 빛 노란 빛으로
날치는 파도는
지나가는 바람을 모두 끌어 모아
쩌렁한 함성을 뿜어 올렸다

육지의 뼛속에까지
깊숙이 부식해 들어가는 잠을
세차게 후벼내는 칼끝이 되어
번쩍이고 있었다

바다의 문 · 47

너는 몇 방울의 눈물을
내 손바닥에 떨구고는
삭정이 울타리 쓰러뜨리고 가버렸다

좌심방 어디쯤
손톱 세워 새겨 넣은 난잎 하나
아직도 살아서 속살거리는데

바닷물이 울음으로 적셔지는
저기 물끝

너의 눈물방울을
차마 물로는 쉬을 수 없어

머리맡 불빛에 반짝반짝 눈뜨는
붉은 보석으로 매달아 놓았다

바다의 문 · 57

찻잎 뒤에 써 놓은
편지를 읽었다

강진의 뒤안
다산의 유배지 발 아래
스산한 바람 맞으며
물 묻은 별을 줍고 있다 했다

청자 사금파리에 붙어
꿈속 깊이 묻혀 있다가
때때로 축축한 흙을 들추고 튀어나오는
맑은 금속성 찰강거리는 소리 들으며
호젓하게 산다 했다

탐진만의 물은 술이라 했다
저녁놀 풀어 마시며 취한다 했다

앞문 걸어 잠그고
바다 쪽 뒷문만 열고 산다 했다

봉평의 달 · 1

달빛 위에 올라서서
바람 한 조각 둥글게 오려
꼿꼿한 대나무 막대로
굴렁쇠 굴려
그 맑디맑은 눈 속에
풍덩 빠져드네
나귀 등에 실려
메밀꽃 서러운 색깔은 멀리 가고
물오른 달만
바지 속으로 스며드네

소록도
— 그리움

그리움이라는 게
오래 묵히면

무덤가에
역광으로 찍힌
억새꽃 사진처럼

색깔이 다 벗겨져
쑥국새 울음도 스며들지 않아

심심한 시간의 한 모서리에
간간히 건들거리는 실루엣

그리움이라는 게
오래 묵히면

색깔이 모두 날아가
창백한 허공으로
흔들리기만 할 뿐

공산성의 들꽃

이름을 붙이지 말아다오
거추장스런 이름에 갇히기보다는
그냥 이렇게
맑은 바람 속에 잠시 머물다가
아무도 모르게 사라지는 즐거움

두꺼운 이름에 눌려
정말 내 모습이 일그러지기보다는
하늘의 한 모서리를
쪼금 차지하고 서 있다가
흙으로 바스러져

내가 섰던 그 자리
다시 하늘이 채워지면
거기 한 모금의 향기로 날아다닐 테니
이름을 붙이지 말아다오
한 송이 '자유' 로 서 있고 싶을 뿐

늦가을

나는 지금
갈비뼈 하나를 앓고 있다

억만의 저
자작나무 잎사귀들
모두 흔들어 흙으로 보내고

이제 속 빈 수수깡이 되어
바람의 손톱으로 퉁기기만 해도
툭툭 부러지며
병 같은 사랑 하나 얻어
앓고 있다

달빛에 대하여

지상에 내려
뛰어다니는 달빛이
이제는 허공에 걸려 있었다

회색 수염이 웃자라
얼굴을 반쯤 가리고 있었다

어디 발 디딜 곳을 찾지 못해
잠자리비행기처럼 부릉부릉 울며
내 머리 위를 맴돌기만 했다

풀잎들이 누워 앓고 있는
앞마당

독한 현기증으로
우물가 정자나무도
비틀거리고 있었다

원촌의 저녁

저 너머 세상에서
건너오고 있었다

새들은 깃털에 붙어 있는
해 조각을 떼어내어
감나무 가지에 매달아 놓고
다시 날아오르곤 했다

나무는
저녁의 옆구리를 무너뜨리고 서서
한 송이 불꽃으로
어둠을 태우고 있었다

연기 속에서
날아오르기와 내려앉기로
새들은
감나무를 몹시 흔들고 있었다
화석처럼 굳어 있던
허무가 소리 내며 타고 있었다

망해사
— 청조헌

염불이 끝나고
스님 두어 분
방금 바다에서 건져온
파도 소리 하나
반질거리는 방바닥에 굴리며
귀 기울이고 있네
어느새 들어온
달빛, 물감 풀어 바르며
함께 듣고 있네
키 작은 맨드라미
발돋움으로 문틈에 매달리고
큰 바다의 파도 소리들
청조헌 방 안으로
목을 늘여 넘겨다보네

한강 단상 · 4

달은 소나무 팔뚝을 붙들고
디룽거리며 매달려 있어요

강기슭 산동네에서 낳아
두어 마지기 밭만 뒤적거리며 사는
산동네 아줌씨

시아버지가 감나무 그늘 밑에 펴 두고 가신
맑은 강물 한 항아리
간직하고 살아요

이제는 앞강이 오염되어
강에는 내려서지도 못하는 달이
가끔 이 아줌씨의 항아리 물에
몸을 적시고 가요

갈참나무 · 2

어떤 곳의 갈참나무 잎사귀엔
눈부신 빛이 불처럼 달려 있는데

지하에서 타던 불이
나무줄기를 타고 올라온 것이라

땅속엔 깜깜한 어둠만 있는 게 아니라
우리의 선대 10대 20대 30대
또는 백대 천대 이전의 조상들이

천 가지 만 가지 생각과
만 가지 십만 가지의 고뇌로
땅속에 불을 켜 밝혀 놓았음이라

그 불의 한 촉
저 나무 잎사귀에 올라와 달려 있음이라

풀잎 하나로

풀잎 하나로
다리를 만든다

풀잎에 맺힌 이슬방울
거기 순간 반짝이는 햇빛에라도
우리의 마음이 함께 꿰어질 때

나는 풀잎을 건너
너에게로 간다

풀잎은 이때
아무리 무거운 짐도 건널 수 있는
든든한 다리가 되고

머나먼 나라에까지 이르는
길이 된다

섶섬의 물

섶섬의 물빛이 하도 고와
창 앞에 걸려 있는 그림이기에
그 그림 뜯어다가 가방에 우겨 넣었지
뜻밖의 횡재에 히죽거리며
집에 와서 가방을 열어 보았지
그러나 가방에선 구정물만 웅성거려
방 안에 온통 넘쳐흘렀네
섶섬의 물은 섶섬에 있을 때만
그림으로 빛나는 걸 까맣게 몰랐지

대왕암 일출

새롭게 태어날
추억과 사랑을 위해
허파의 한가운데쯤
제단을 쌓았다

막 솟아오르는 해
내 제단에 입히고
어깨에서 잠자던
새들 새들 새들
일제히 깨어나
비상을 한다

둥둥둥둥
바다는 북을 친다

동강의 달빛

물속에 달빛 한 점 가라앉아 있다
어느 구렁에 박혀 있다가
흘러 내려온 달빛인가

청태 푸른 보자기에 씌워
삭아 가는 목숨 하나 붙들고

늙은 물고기처럼
힘없는 지느러미를 저어가며
안간힘으로 솟아오르려 하고 있지만

천 근 무게로
내리누르는 중압
허파 속에 녹이 슬어
달빛 한 점
죽음처럼 가라앉아 있다

3부

고로쇠나무 밑에서 만나리

삶

내 시정詩庭의 모퉁이에 사태 진 눈이나
번갈아 찾아드는 사색思索의 손님들도
생각하면 그것은 저승이다

나는 죽었었을 것이다
천안 열차 충돌 사고 현장에서
물렁물렁한 머리를 기관차에 부딪고
서울에의 여행길에서
별안간 죽었었거나

나 혼자만의 거룩하고 고통스러운 노동이 끝난 하루
포근한 이부자리 속에서
조용히 숨을 거두고
지금 저승에 와서
다시 새로운 인연으로
홀어머니와 형제와 친구와 남들을 만나고
그래서 새로운 살림을 마련하고

이렇게 한 번이 아니고 나는
몇 천 몇 만 번을 죽어서
인구와 경제
핵무기와 전쟁이 논의되는

제 몇 천 몇 만 번째의 저승에 와서
한 번도 죽어본 일이 없는 것처럼
바쁘게 살아가고 있는 것일 게다

병중病中 · 1

어디가 아픈지 모르지만
하여간 나는 앓고 있다

로—마의 폭군
그의 미친 하루의 축제를 위해 기르던
독한 맹수의 우리처럼
고독이 포효咆哮하는 창고에 갇혀 있다

견고한 쇠창 밖
내 어릴 적 꿈을 길어 올리는 나무에
어느 철없는 소년이 놓친
가오리연의 찢어진 살점은
전쟁과 전쟁 사이에서
원통히 압살당한
젊은 아버지의 흐느끼는 혼령이다

아무 데서나 오가는
죽음의 소란한 발자국 소리에 지쳐
밤마다 나는
기름기 걷히어 가는 나의 백골을
으스러지게 끌어안고 잠을 청하지만
그러나 기다리는 정적의 포근한 무게는

찾아들지 않는다

누구인가
알듯 하면서도 영 알 수 없는 그대
그대의 앙상한 손아귀에 쥔
선사先史의 청태青苔 낀 놋숟갈은
신경의 등때기를 긁어대고

그대 한 아름 안고 몰아오는 꽃밭
잎잎에 뚜걱뚜걱 진땀을 흘리며
꽃은 잔인한 이빨을 드러내고 웃는다

연기煙氣 속에 서서

사랑아
참 오랫동안 너를 잊었었구나

처마 끄슬린 도회
또는 포장 친 촌읍의 장거리에서
바쁘고 피곤하기만 한

무명無名의 배우처럼
슬플 줄도 기쁠 줄도 몰랐었구나

소음의 홍수 속에서
떠밀려 내리는 낡은 목선木船처럼
잃어버리고 만 너였구나

텅 빈 육신의 한구석
저 혼자 텅텅 내리치는 가슴의 고동에
소스라쳐 깨어나는
사랑아 너를 잊고 있었구나

게릴라전이 지나간
요새의 골짜기처럼
바람 부는 저 건너 언덕엔

피아彼我의 창백한 의지가 화장火葬되는데

손을 다오
부드럽기만 한 살빛
참 오랫동안 너를 잊었었구나

회상回想의 사월四月

사월
나뭇가지를 타고 건너오는 것은
잎만이 아니다 꽃만이 아니다

무리지어 하늘을 향해
비통의 울음을 울던 새가
작은 부리로 토해 놓고 간 핏빛이
하늘을 덮는 황금 나비 떼의 날개에
실려 나부낀다

나무의 기둥을 타고
소리 없이 스며오르는
지하의 빛 그 함성

이윽고 나무의 눈이 되고
잎이 되고 꽃이 되는
수많은 주검 앞에서

나는
날아오르는 새이고 싶다
울부짖는 새이고 싶다

사랑이여 어디든 가서

사랑이여
어디든 가서 닿기만 해라

허공에 태어나
수많은 촉수觸手를 뻗어 휘젓는
사랑이여

어디든 가서 닿기만 해라
가서 불이 될
온몸을 태워서
찬란한 한 점의 섬광이 될
어디든 가서 닿기만 해라

빛깔이 없어 보이지 않고
모형이 없어 만져지지 않아
서럽게 떠도는 사랑이여

무엇으로든 태어나기 위하여
선명한 모형을 빚어
다시 태어나기 위하여

사랑이여
어디든 가서 닿기만 해라
가서 불이 되어라

강江

강은
동면冬眠에서 깨어나는 뱀처럼
훈훈한 전신을 파동 치며
낱낱의 비늘을 털고 있다

연안에 무한한 전답을 개간開墾하며
이 나라 응달에 감추어진
더운 눈물 아픈 살
한 많은 혼령을 다 들이마시고
선사先史의 울창한 숲을 떠나
이제 막 내 앞에 이르는 뱀이다

우리의 서럽도록
청청한 하늘을 받들고 있는
솔밭
그 솔밭의 밑동 뿌리를 씻어

잎새와 잎새로 피리를 불며
애틋한 전설을 구전口傳하는
갈밭
그 갈밭의 시궁창을 스며나와
비린 호흡을 고르며

튼튼한 뿔과 날개를 내고 있다
발톱을 갈고 있다

한 마리의 용
황룡으로 승천할
천둥 치는 날을 받고 있다

피리

나는 대나무여요
외로운 악사樂士의 피리가 되기 위해
거센 바람에도 부러지지 않고
수많은 칼질에도 베이지 않았어요

푸른 하늘을 머금고 키워 온 몸뚱이는
외로움의 낫을 가는 미지未知의 악사
그의 낫날에나 잘리워질 거예요

그의 꼿꼿한 송곳으로 내 몸엔 구멍이 뚫리고
그 구멍으로 새로운 세상이 내다보여요

그의 낫질이 다듬는 대로 이 몸이 다시 빚어지면
어느덧 나는 한 자루의 피리가 되어요

그의 두 손이 더듬어 보듬으면
온몸은 파르르 떨리는 성감대

그의 입술이 와 닿으면
영혼 깊숙이 앓는 환희의 몸살

뜨거운 입김이 몸 가득 퍼질 때
아, 나는 신음 같은 청을 돋워 노래를 해요

연서戀書

편지를
어떻게 말로 쓸 수 있으리요

잘 익은 노을처럼
종이 가득 진한 물이 드는 걸

다시 붓을 들어 글씨를 쓰려 하면
어지러운 아지랑이가 눈을 가리고

그래도 한 마디 꼭 적으려 하면
어느새 종이는 불타고 있으니

그대여
사랑을 어찌 말로 할 수 있으리오

다만
벙어리가 되어 서성이고만 있을 뿐

사랑법 · 1

말로는 하지 말고
잘 익은 감처럼
온몸으로 물들어 드러내 보이는

진한 감동으로
가슴속에 들어와 궁전을 짓고
그렇게 들어와 계시면 되는 것

고로쇠나무 밑에서 만나리

고로쇠나무 밑에서 만나리
그대 이마에 해가 올 때
갈잎 더미 위에 눕혀 놓고 보리
네 아름다움에 눈이 저릴 때
하늘에 나무들 그림자 드리우고
그림자에서 떨어져 온 잎 몇 개
붉은 얼굴이 되어 그대의 배 위
내 자리에 오른다 해도 오늘만은 웃어넘기리
제 몸을 태우는 숲 손잡고
나 잠시 눈감아 있으리
그대 빛남으로 눈부심이
이해 가을을 적시는 날
고로쇠나무 밑에서 만나리

이야기 하는 무덤

그만 자고 일어날까

곧 생명으로 태어날 잠들이
햇빛을 떼어내어
몸에 바르면서

수런수런 이야기 할 때마다
무덤은 뚜껑을 들썩거리면서
일렁이는 아지랑이를 뿜어냈다

아지랑이 속에서
또 말했다

다 쓰고 조금 남은 잠이
아까워서 눈을 뜰 수 없으이

기다림·7

심장에 이끼 서리고
피 속에도 검은 그림자 서성여

방 안 가득
일렁이는 어지럼증은
벽에 부딪쳐 쇳소리로 깨어지고

오늘의 나그네 다 지나간 동구 밖
서늘한 목소리로 까마귀만
전봇대 꼭대기에 남아

어두운 하늘을 향해
짖어대는데
떨어지는 별
떨어지는 달

휴전

닭의장풀 그 꽃의 푸르름 속에
녹슨 철조망 있다

유월의 꾀꼬리
소리 소리 소리 소르리 소르리리
목구멍이 닳도록

그 꽃의 푸르름 속 노란 꽃술로
날고 싶지만

철조망의 가시
언제나 심장은 찔려 피 터지고…

고운 해 속으로 붉게 물들어가는
그 새의 등이 구부정하게 휜다

고찰의 타종처럼 둔탁한 얼굴의
세월이 무섭다

연기에 대하여 · 3

그냥 갑니다
자취를 감추기 위한 곳
저 갈잎 더미 아래
푸석한 햇빛 모여 사는 곳

또는 바다의 끝
벼랑 밑으로
그냥 빠져버립니다

허공을 가르는 바람소리마저
거추장스럽습니다
떨어져 내리면서
몸을 부숴버립니다

서늘함·1

다섯 살
첫 꿈의 그 물속에서
그녀가 벗어놓은 달빛

걸어오고 있네
와서 한 채의 정자亭子가 되어
길 건너 언덕에 서네

멧풀향 가득
지붕 밑에 서리고

그렇게 침묵으로
그 마루에 들어
60년을 보내고 있네

끈

구름의 모양이
바뀔 때마다
산은 몸을 틀었다

산사나무 층층나무 아그배나무 등속
뿌리를 내린 것들도
함께 몸을 흔들었다

나무에 붙은
자벌레 송충이 비단거미들도
모두 놀라 일어나 어정거리고 있었다
생명은 구름과 산과 나무와 벌레들에게
모두 한 줄로 연결되어

그 끈을 쥔 자의 손놀림에
매달린 구슬이 되어
짜르르 짜르르 울고 있었다

계곡의 물이나 돌멩이들도
함께 매달려 울고 웃었다

골다공증

공허도 쌓이면 무겁다
어느 날 뼛속으로 날아든
저 하늘가의 공허가
내 몸을 무겁게 한다

뼈의 문이 열리고
그늘진 공허로 채워질 때
나는 통증으로 몸부림친다

공허는 텅 비어 있음이 아니요
또 하나의 조밀한 아픔

무엇으로도
존재한다 함은
그 나름의 이름이 붙는 것

텅 빈 뼛속에
새로운 이름
'아픔' 이 채워지고 있다

낙조

해에게도
붉은 치마가 있음을 알았네

저 세상
아마 끔찍이도 사랑하는 이 있는 곳
거기에 갈 때마다
붉은 치마를 입고 치장한다는 걸

갈 때는
아무 흔적도 남기지 않고
소리 없이 사라져버린다는 걸

해에게도
애틋한 사랑이 있음을 알았네

아름답게 단장하고
저녁마다 사랑의 나라로
가고 있음을 알았네

첨성대

별이 보여요
저 별 너머로
그대 얼굴 보여요
천 년을 삭혀온
긴 숨소리 들려요
하늘의 치마를 들추고
속살로 들어가는 길
별의 더운 눈물로 씻어낸
미소가 떠돌아요

에밀레종鐘

치면
한꺼번에 터져 나올
신라 동자의 울분을
칭칭 감아 안고

저리도 의연하게
내 앞에 군림해 있는
침묵의 종

경덕왕
임금님 허이연 수염을 스치던
고슬고슬한 바람이
지금도 십만 근의 황동에 서리어
용틀임의 무늬를 빚고 있는데
억겁 고요를 안으로 다스려
나래 고이 접고 앉는
비천飛天 그 아씨

에밀레종
무누無漏의 어깨에 넘쳐내리는
푸르스름 청태靑苔

해운대의 달

어둠을 깎아 길을 낸다
언덕을 넘고 바다를 건너
투명한 동경의 나라로
물새들 내려와 가로등을 켠
먼 먼 길을 낸다
길 끝에 집을 짓는다
달빛 들어와 침묵으로 사는 집
오래 묵어
이제는 술 같은 향기가 되어버린 추억들
노란 등불 밑에 모여드는데
저기 물먹은 바위섬
한숨으로 별 하나 빚어
밤하늘에 띄워 올리고 있다

4부

무령왕비의 은팔찌

무령왕武寧王의 금제관식金製冠飾

임은
불 속에 들어앉아 계시다

심지를 돋워
삼계三界를 골고루 밝히며
한 송이 영혼으로 타고 있는 순금
백제 장인의 손톱자국이
살아서 꾸물꾸물 움직여
바로 내 앞을 지나며 다시 먼 먼
유계幽界의 나라에까지 이르노니

당신의 머리 위에 얹히어 타던 불,
천하를 압도하던 위엄 어린 음성이
저 불꽃의
널름대는 혓바닥 갈피갈피에 스며 있다

어디서나 만날 수 있는
반쯤은 미쳐 있는 나
이제 불길은
길 잃은 백성을 골라 비추시라

찰랑찰랑

마법의 방울 소리를 내며
인간의 마른 덤불에 댕겨 붙는 불

임이여,
당신은 이 불 속에 들어앉아 계시다

무령왕武寧王의 청동식이青銅飾履

하늘이 주신 목숨을 다 살으시고 하나도 빼지 않고 구석구석 다 살으시고 곱슬거리는 백발을 날리며 달이라도 누렇게 솟고 파란 바람도 불고 하는 참 재미도 많은 날 이윽고 옷 갈아입으시고 왕후며 신하들 다 놓아두고 혼자 길을 떨치고 나서서 꾸불꾸불한 막대기 하나 골라 짚고 아 참말 미끄러운 저승길로 가실 때 이 신을 신으시다

돌밭 가시밭 진흙 뻘길을 허리춤 부여잡고 달음질도 하고 수염도 쓰다듬으며 점잖게 걷기도 하여 임금님을 저승까지 곱게 모신 후 이제 또다시 여기에 돌아와 쇠못이 박힌 불꽃 무늬의 신이여 누구를 다시 모셔 가려 함이냐 하늘이 정한 목숨을 구석구석 다 살으시고 그리고 웃으며 떠날 그 누구를 모셔 가려 함이냐

무령왕武寧王의 목관木棺

그렇지 임을 실어 저승으로 저어가던 한 척의 배가 세월의 골 깊은 앙금에 익어 지금 여기에 머무르다 이별을 서러워하던 혈육의 눈물이 아직도 마르지 않은 채 쉬임 없이 들려오는 창생蒼生의 울음소리 짭짜름한 저승의 바람 냄새가 잡혀 와 그렇지 우리가 또 빈손으로 타고서 아스름한 바다를 가르며 저어가야 될 한 척의 배가 여기에 왔지

무령왕武寧王의 도자등잔陶磁燈盞

천 년의 세월 속에 오히려 꺼질까
삼베 심지에 배어드는 들기름은
임의 머리맡에서
노랗게 익어가는 백골을 비추고
자유로이 나래 펴는 영혼을 밝히고
하여, 그의 오십대쯤의
손주의 방싯거리는 웃음의
새빨간 꽃잎에서도 다사롭게 타다
사방으로 둥근 도자陶瓷의 가장자리에
유계幽界의 묵향으로 번지는 그을음은
지금, 내 붓끝에 묻어 새롭다

무령왕武寧王의 나무 두침頭枕

나는 이제 천 년의 무게로
땅속에 가 호젓이 눕는다

살며시 눈감은 하도 긴 잠 속
육신은 허물어져 내리다가
먼지가 되어 포올포올 날아가 버리고

그 자리에 나의 자유로운 영혼은
한 덩이의 푸르른 허공이 되어
섬세한 서기瑞氣로 남느니

너는 이때에 한 채의 현금玄琴이 되어
빛깔 고운 한 가닥 선율이 되어
안개처럼 멍멍히 젖어 들어오는
그리운 노래로나 서리어다오

무령왕비武寧王妃의 은팔찌
— 다리多利*의 말

왕비여 여인이여
내가 그대를 사모하건만
그대는 너무 멀리 계십니다

같은 이승이라지만
우리의 사이에는
까마득히 넓은 강이 흐릅니다

그대를 향해서
사위어지는 정한 목숨

내가 만드는 것은
한낱 팔찌가 아니라
그대에게 달려가려는
내 그리움의 몸부림입니다

내가 빚는 것은
한낱 용의 형상이 아니라
그대에게 건너가려는
내 사랑의 용틀임입니다

비늘 하나를 새겨 넣고

먼 산 보며 한숨 짓니다

다시 발톱 하나 새겨 넣고
달을 보며 피울음 웁니다

내 살을 깎아
용의 살을 붙이고

내 뼈를 빼어내어
용의 뼈를 맞춥니다

왕이여, 여인이여
그대에게 날려 보내는 용은
작은 손목에 머무르지 않고
그대 몸뚱이에 휘감길 것이며
마침내 온몸 구석구석에
퍼져 스며들 것이며
그러다가 지쳐 쓰러지더라도
파고들 것이며 파고들어 불 탈 것이며
그리하여
저승의 내정內庭까지도
따라 들어살 것이며…

왕비여 여인이여
내가 그대를 사모하는 것은
그대 이름이 높으나 높은
왕비여서가 아니라
다만 그대가 아름다워서일 뿐
눈 시리게 아름다워서일 뿐입니다

*다리: 무령왕비의 은팔찌를 만든 사람으로 그 팔찌에 용을 새겨 넣었다.

백제시
— 옷

지금은 저기
한 장의 허공이 되었네

아직도 더운 체온으로
하늘 한 모서리를 데우고 있는
한 장의 연기가 되었네

발가벗은 혼령이 떠돌아
그들을 입혀주고
한 장의 질긴 노을이 되었네

백제시

— 토우다이지 대불東大寺大佛

부처님의 침묵은 무겁다
하여, 천 년 쌓인 중생의 수다
가부좌 밑에 깔고 앉아
실눈을 뜨고 있다

실눈으로 보는 세상이
수없이 허물어지고 또 세워지고
그리하여 또 천 년을 가고 있다

파리 한 놈 날아와 얼굴에 앉는다
평화로운 아미, 넉넉한 인중으로 기어다닌다
귓바퀴, 목울대를 간질인다

부처님의 침묵은 이제 어찌 되는가
파리가 콧구멍으로 들어가 날개를 털 때
부처님은 어쩔 수 없이 재채기를 하며
눈을 한 번 크게 떴다

이내 다시 실눈으로 천 년을 내다보며
침묵의 가부좌에 손을 내려놓는다

백제시

— 천수국만다라수장天壽國曼茶羅繡帳*

그래, 바람 하나
고개를 숙이고 문 앞에 서성인다

피안으로 가는 길목
바람의 옷깃이 연꽃 되어
어둠 밝힌다

집에 매단 종
소리 잡아당겨 침묵을 흔들고
서성이던
그래, 바람 하나
종 속으로 든다

비명으로 간 사내
죽음의 길, 길가에 걸어두고
그 어두운 속 닦아줄
여인의 옷자락이 펄럭인다

*천수국만다라수장: 일본 성덕 태자가 비명에 죽자 천수국에 가서 왕생하기를 빌기 위해 그 태자비가 백제계 여인 동한말현(東漢末賢)과 한노가리기리(漢奴加己利), 고구려계 여인 고려가서일(高麗加西溢)에게 자수를 시켜 만든 수장.

계백의 칼

그가 벤 것은
적의 목이 아니다

햇빛 속에도 피가 있어
해 속의 피를 잘라내어
하늘과 땅 사이
황산벌 위에 물들이고

스러져가는
하루의 목숨을
꽃수 놓듯 그려 놓았으니

일몰하였으되
그 하늘 언제나
꽃수의 꽃물로 가득하여 밝은데
이를 어찌 칼이라 하랴

백제시
— 아좌태자의 붓

붓끝에서 노을 풀려나온다
성덕의 수염을 그리고 흘러내려
옷자락 적신다

먼 우주의 변방에서 방황하다 화석으로 굳어진 그리움
그리움이 참다가 참다가
몸을 뒤튼다

태자의 칼이 화답하듯 신음한다
천오백 년 전 멈추어진 바람이
치마 끝에 다시 일렁인다

백제시
— 구다라고도百濟琴*

현 위에 새 한 마리 앉아
떨고 있다

떨림 위에 황혼이 얹히고
몸부림이 올 때마다 섬광이 보였다

섬광 사이로 백제 여인의 치맛자락이
잠시 펄럭였다

울 안에 서 있는 감나무에
붉은 감도 익고 있었다

장광의 장항아리
메주가 삭아 구린내를 풍기고
저녁 연기도 잠시 보였다

음계의 허름한 계단으로
현해탄의 물결이 올라왔다

후딱 지나가는
섬광 사이로

*구다라고도: 일본에 전해진 백제의 현악기 공후(箜篌)의 일본 이름.

백제시

— 칠지도七支刀*

세월도 무덤이다
일곱 개의 칼끝에서 빛나던
별들이 떨어진다

찌르고 찌르다가
베어 문 일곱 개의 하늘이 무너져
무덤 속으로 든다

문득, 무덤 위 잔디에 섞여 솟아난
할미꽃의 슬픈 자주색이 내 눈을 후빈다

백제도 가고 왜倭도 가고
칼도 어딘가로 자꾸만 가서

또 한 송이의 자주색이 된다

*칠지도: 백제 근초고왕이 왜왕에게 하사한 칼.

새
— 백제 시편·5

내 젊음이 끝나려 할 때 새는 날아왔다 짙푸른 하늘의 한 자락을 보자기만큼 도려내어 부리에 물고 날아왔다 공중에서 통통 튀는 금빛 햇싸라기 저 깊은 숲이 내쉬는 몇 움큼의 맑은 숨결 강물을 쳐들고 오르는 물비늘 같은 것들을 보자기에 담아가지고 왔다 그러고는 죽어 가는 젊음을 제사 지내기 위해 그는 혼신의 노래를 불렀다 아무리 불러도 영 와주지 않던 새가 이런 때엔 홀연히 왔다 임이여 죽음이란 이렇게 황홀한 것인가요 만날 수 없는 것 누릴 수 없는 것을 만나서 누릴 수 있게 해주는 것인가요 그래서 계백은 마누라도 죽이고 자기도 죽었나요

나방
— 백제 시편·18

내가 빚어지고 있다 이렇게 몸을 움츠리고 아무도 몰래몰래 고치 속에 깊은 굴을 파고 숨어드는 것은 다시 빚어지기 위함이다 어두움 속에 깊이깊이 침몰되어 가다가 어느 날 어깻죽지에서 돋아나는 날개를 저어 승천하면 땅만 향해 기어다니는 징그러움으로부터 벗어난다 나를 다시 빚기 위해 몸을 헌다 몸을 헐어 굴을 만든다 이 굴의 완벽한 구속 숨 막히는 구속 속에서 몸을 헐다가 그 아픔에 못 견뎌 한동안 까무러치고 그리고 이 까무러침으로부터 깨어날 때 나의 화사한 변신은 온다

그리움
— 백제 시편·20

수색水色 산비탈 작은 집에서 산 일이 있는데, 아들 딸 기르며 살았었는데, 오늘은 문득 그 양지 바른 산비탈이 그리워져 찾아들었다 한참 달아난 사 년의 시간을 더듬어 그 비탈을 오를 때 찬바람 속에서도 솔잎은 파르르 떨며 나를 알아보았다 단 몇 년 만이라도 제 살던 곳, 제 살던 시간은 이렇게 그립고 반가운 것을 임이여 몇 백 몇 천 년을 헤아리며 대대로 살아 내려오던 그 나라 그 세월의 그리움이랴 잡초 위의 일출이랄지 묘지 위에 뛰어오르는 땅개비랄지 그런 것보다도 더 아주 아주 평범하고 대수롭지 않은 일상 속에서도 그리움은 언제나 피 속에 녹아 온몸을 돌고 도는 것 그러다가 문득문득 심장으로 빽빽하게 치밀어 오르는 것

| 해설 |

한국문학의 폭 넓히기와 위상 높이기

— 문효치文孝治의 시문학 세계

이명재 (문학평론가 · 중앙대 명예교수)

| 해설 |

한국문학의 폭 넓히기와 위상 높이기

— 문효치文孝治의 시문학 세계

이명재 (문학평론가·중앙대 명예교수)

모든 예술의 종가집인 문학의 식구로서 만나는 우리 문인들의 인연은 큰 축복이다. 근래에 들어 한창철인 영상이나 대중예술 등에 밀린 대로 한갓진 동네에서 정년 없이 아기자기하지 않은가. 마침 갑오년 한 해를 마무리하며 성탄절이나 새해를 맞을 즈음에 문학평설을 통해 대화하는 마음도 기쁘다.

필자와 문효치 시인의 글을 통한 조촐한 만남 또한 값진 행운으로 여긴다. 평소 작품들에서만 살피던 두 사람은 수십 년 전부터 강남문협에서나 한국문협 임원회의 등에서 만나고 친숙해졌다. 문학동네에서 처음 만났던 무렵부터 한 문단의 수장 일을 맡던 때는 물론 지금까지 한결같은 겸손과 올곧고 자상한 문 시인의 선비적 인품은 신뢰감을 더한다.

이런 시인이 새로 펴내는 선집의 주옥편들을 통해서 총괄적으로 살펴보는 우리의 만남 역시 뜻 깊다. 1966년에 두 군데의 신춘문예에서 동시 당선된 이후 최근까지 실로 근 반세기 동안 꾸준히 빚어서 점철해온 시어들의 행렬. 열 권이 넘는 시집과 시선집만도 다섯 권째인 문효치의 시문학 세계를 여러분과 더불어 논의해 본다. '글(문장 스타일)은 곧 사람' 이라는 뷰퐁의 지론처럼 여기에서는 텍스트와 시인의 자전적 삶을 함께 접근해 보는 것이다. 이미 문단 중진인 연륜임에도 마냥 싱그럽고 알차게 빚는 그 시문학 작품의 요체는 무엇일까.

문단 반세기의 긴 여정

문효치 시문학의 키워드 같은 특성은 서너 가지로 살펴진다. 여기에는 시기별, 제재 및 주제나 이미지 활용 등의 기법적인 변모가 발전적으로 반영되어 있다. 그리고 동시대 여느 시인들과 상이한 세계가 적지 않게 문학사적인 특장점으로 두드러진 면도 발견된다.

그 하나는, 이번 시선집의 차례 제1부에 실린 대로 근래 문효치 시인이 남달리 소재 면에서 곤충이나 풀들에 걸친 글감의 새로운 틈새를 파고든 성과로서 시문학의 터전을 넓혀놓았다는 사실을 들 수 있다. 또한, 제4부의 시편들 경우처럼 제재 면에서 이미 문화적인 무령왕릉의 유물을 통해서 우리 문학의 시공간적인 접근영역을 넓혔다는 점이다. 이런 사실들은 그대로 시인의 업적 평가 항목이므로 그 발자취를 시대순으로 살펴본다.

문효치 시인도 등단 초기에는 제2부에서처럼 미당의 그것을 연상케 하는 전통적인 서정과 한 서린 세계를 이루고 있었다. 데뷔작의 하나인 「바람 앞에서」 부분처럼 '잎 트는 山家

옹달샘 퍼내가는 바람아/……/너를 기다려 어두움에 서겠노라/어디선가 맴도는 색바람의 울음아' 등과 한의 표상인 「두견이」 등. 이 무렵의 「가을 노래」, 「꽃」, 「새」, 「바람」, 「초승달같이」 등에는 아무래도 어둠의 그림자가 짙게 드리워져 있다.

> 쫓겨난 새가 떨고 있다 엄동의 하늘 아래서 자유가 아닌 가사假死 포수의 살의가 심장을 꿰뚫지 않아도 스스로 죽어가고 있다 두 눈의 광채 속으로 피어나던 양양한 지평
>
> ―「새·1」 중에서

> 우리의 사랑은 가을밤을 숨 몰아쉬고 칠흑漆黑의 거리로 가버렸네 오라, 길 잃은 자들이여
>
> ―「가을노래·1」 중에서

울음에 겨운 서정적 자아에는 끔찍한 죽음과 이별 등의 절망적 상실이 가득해 있다. 그리고 「바람·Ⅵ」 등에서는 불어오는 바람 속의 환상으로 인한 민족사적인 통한의 패배자 의식에 몸서리를 친다. 더욱이 「병중病中·1」에 이르러서는 시인 스스로 감당하기 힘겨운 화인火印처럼 섬뜩한 타의적 죽음의 심적외상心的外傷을 앓고 있다.

> 견고한 쇠창 밖/내 어릴 적 꿈을 길어 올리는 나무에/어느 철없는 소년이 놓친/가오리연의 찢어진 살점은/전쟁과 전쟁 사이에서/원통히 압살당한/젊은 아버지의 흐느끼는 혼령이다

그러면서도 이 무렵 작품의 밑바닥에는 이전 고전들의 설

움과 한스러움에서 벗어나려는 극복 의지가 깔려 있다. 신라 성덕대왕의 신종이라는 봉덕사의 종에 산 채로 시주되었다는 전설을 담은 「에밀레종鐘」을 통해서 시인은 희생된 신라 동자의 한과 부활의 메시지를 전한다.

이렇게 고독과 소외 내지 패배의 어두움 속에 침잠해 있던 한편으로 시인은 그 굴레로부터 탈피하려는 몸짓을 보이기도 한다. 오랜 동안 사회의 일상과 고뇌에 찬 삶속에서 파김치된 자신의 심신을 추스르려는 노력인 것이다. 시인은 한동안 까맣게 잊어왔던 원초적 사랑의 존재에 다가가며 한껏 감미롭고 밝은 세계를 지향해 보인다. 제3부에 모여진 일련의 「연기煙氣 속에 서서」, 「사랑이여 어디든 가서」, 「연서戀書」, 「사랑법·1」 등.

> 사랑아/참 오랫동안 너를 잊었었구나//처마 끄슬린 도회/또는 포장 친 촌읍의 장거리에서/ 바쁘고 피곤하기만 한//무명無名의 배우처럼/슬플 줄도 기쁠 줄도 몰랐었구나
>
> —「연기煙氣 속에 서서」 중에서

> 말로는 하지 말고/잘 익은 감처럼/온몸으로 물들어 드러내 보이는//진한 감동으로/가슴속에 들어와 궁전을 짓고/그렇게 들어와 계시면 되는 것
>
> —「사랑법·1」 전문

무령왕릉 재현을 통한 시미학

특기할 점은 1970년대 초에 공주에서 발견된 무령왕릉의 발굴을 계기로 문효치 시문학이 큰 전환을 가져왔다는 사실이다. 왕과 왕비 무덤이 함께 드러난 터에 경이로운 천삼백여 년 전 문화의 보물로 부활한 부장품들을 접한 시인은 실로 거듭날 만큼 새로워졌다. 손수 수십 년 동안 주된 시 창작의 과업으로 임해온 일만에 그치지 않는다. 역사적 타임캡슐로 다가온 문화재를 살아 움직이는 대상으로 재현시켜 대화하고 새로운 의미를 부여한다. 천삼백여 년 동안 묻혀온 문화 유물 실체에다 시공간을 넘나드는 시인의 상상력으로 부활시키듯 형상화하고 있다. 이런 기조는 그의 중기 이후 글쓰기에도 계속되고 있다. 이전의 사물에 대해서는 으레 평면적 감성으로 처리하던 경우들과는 차별화된 시 작업인 것이다.

왕의 구리 신발을 바라보는 「무령왕武寧王의 청동식이靑銅飾履」의 서두가 참고 된다. 시인은 신탁을 수행하듯 천 년 넘도록 잠자던 왕과 왕후 및 신하들을 깨우고 문화재에 혼을 불어넣어 지켜본다.

> 하늘이 주신 목숨을 다 살으시고 하나도 빼지 않고 구석구석 다 살으시고 곱슬거리는 백발을 날리며 달이라도 누렇게 솟고 파란 바람도 불고 하는 참 재미도 많은 날 이윽고 옷 갈아입으시고 왕후며 신하들 다 놓아두고 혼자 길을 떨치고 나서서 꾸불꾸불한 막대기 하나 골라 짚고 아 참말 미끄러운 저승길로 가실 때 이 신을 신으시다

또한 「무령왕武寧王의 목관木棺」 전문에서도 역시 하나의 정물이 아니라 백성들 울음소리와 바닷바람 냄새 맡으며 저승의 바다를 배처럼 오가는 관을 재현시키고 있다. 현대적인 영상 기술로는 반영할 수 없는 짭짜름한 바람 냄새도 선연하게 풍겨든다.

> 그렇지 임을 실어 저승으로 저어가던 한 척의 배가 세월의 골 깊은 앙금에 익어 지금 여기에 머무르다 이별을 서러워하던 혈육의 눈물이 아직도 마르지 않은 채 쉬임 없이 들려오는 창생蒼生의 울음소리 짭짜름한 저승의 바람 냄새가 잡혀 와 그렇지 우리가 또 빈손으로 타고서 아스름한 바다를 가르며 저어가야 될 한 척의 배가 여기에 왔지

이런 무령왕릉의 유물들을 통한 일련의 시들은 발굴 당시의 신비한 문화적 충격과 더불어 고금의 시간을 연결하며 오래도록 문효치 시문학의 중추를 이루고 있다. 중기에 해당하는 기간의 시집을 두고라도 두 번째 시집부터 이어져 나온 바 있다. 『무령왕의 나무새』(1983), 『백제의 달은 강물에 내려 출렁거리고』(1988), 『백제 가는 길』(1991) 등.

이어서 1990년대에 넘어와서는 시집 『바다의 문』의 연작이나 시집 『선유도를 바라보며』 등에서는 한결 달관된 관조 세계를 드러낸다. 바다를 원형적인 대자연의 섭리에 따른 여성적 관능을 품은 천지화육의 대상으로 인식하는 현상학적 접근이 수긍된다. 한 여름철 바닷가 한구석에서 나비가 장미꽃에 날아들어 교접하는 생태를 뜨겁게 그려낸 「용유도龍遊島 장미」 상년도 흥겹다.

나비가 날아든다 나래에 햇빛과 바닷바람을 버무려 묻히고 꽃술에 날아든다 초저녁 이슬도 다 말라붙는 뜨거운 만남이다 가시 같은 건 후줄근히 녹아내리고 잎사귀 같은 건 고개를 숙여 비껴서는 여름이다 깊숙한 씨방에서 아우성으로 몰려나오는 향기의 출렁임 나비는 가벼운 몸을 출렁임의 탄력 위에 띄운다 바다가 환호하며 파도를 부스러뜨려 꽃잎 위에 뿌린다 닻을 올리며 섬이 뜬다 어둠의 덩어리를 빠개어내며 섬이 달린다

그런가 하면, 「지리산 시詩 – 메아리」에서는 산울림 현상을 들어서 대자연과 인간이 교감하는 경지로 다루고 있다.

— 세상이란 덧없는 것 잊어라 잊어/때로는 안개가 와서 머리를 쓸어 주고/— 하늘 아래 슬픔이 너뿐이더냐 참아라 참아/때로는 바람이 와서 어깨를 두드려 주지만//산은 울고만 있었다

자그만 생명들에 향한 시학

후기에 속하는 2000년대 이후 문효치 시인의 작품 성향으로는 남달리 자그만 생명과의 대화가 두드러진다. 제1부에 수록된 시편들처럼 으레 하찮게 여기는 들풀이나 곤충에까지 관심을 기울이며 그들과 교감해서 시로 빚는 경우이다. 이런 시인의 창작 태도는 우리 문단에 전에 없던 소득이요 한국문학 영역의 틈새를 넓힌 성과로도 평가할 수 있다. 무엇보다

거꾸로여덟팔나비, 미운사슴벌레, 알락귀뚜라미, 개불알꽃, 별박이자나방, 멧팔랑나비라는 등속의 이름부터 생소하여 관심을 끈다. 아기자기한 그 모양이며 생태에도 적지 않은 정보를 담고 있다.

「알락귀뚜라미」의 전문을 참고해 본다. 동심을 자아내는 별똥별과 은하에 이어진 우주공간 설정부터 신선하다. 또 각 연과 행의 시청각 내지 촉각 이미지 활용이 다양하고 아기자기하여 좋다. 먼 옛날 삼국시대 귀뚜라미나 닭이며 부엉이가 운다는 상상과 시공간의 겨레통일적 소통 발상은 일품이다. 거기에 금상첨화격으로 동심겨운 환경의식도 곁들여져서 친근하게 다가온다.

> 별똥별이 우리의 평상 위로/비처럼 내리던 때가 있었다//은하의 물결도/우리 모두 적시며 옷 속으로 흐르고/텃밭의 옥수숫잎은 흥건히 젖은 채/미역처럼 너울거리고 있었다//이럴 땐 백제의 귀뚜라미들이/평상 밑에서 일제히 울어댔다//어디선가 서역의 청색바람이 불어왔다/삼경이 이울 때/고구려의 닭이 울었다/신라의 부엉이도 같이 울었다//알락귀뚜라미 귀뚜라미 라미 미미미미…/저 세상으로부터 옮겨 오는 소리

또「개똥벌레」에는 똥 위에 앉아 사는 파리나 피를 빨아 먹는 모기들에 빗댄 항변에 유머까지 담겨 있어서 웃음을 자아낸다. 곤충의 편에서 인간계에 항변하며 풍자 대변하는 시인의 시선이 따뜻하여 호응도를 높인다. 환경 문제에까지도 와 닿는다.

그놈들은 이름 덕분에 자손만대 번창하는데/ '개똥' 이라니, 이름 한번 더럽다//이제 자손이 귀해/대가 끊기고 집안이 망할 지경이다//세상에 허울만 좋아서/팔자 펴는 놈들이 참 많다

— 「개똥벌레」 중에서

뿐만 아니라 시인이 어릴 적에 눈앞에서 헤엄치고 있는 개울 속의 송사리를 잡으러 다니다가 지쳐 'KO패' 하고 말았던 체험을 쓴 「송사리」 또한 그렇다. '송사리가 너 잡을라' 는 말을 마다하고 철부지 노릇을 했던 사실에 앞서서 공해 없던 시골 환경과 하찮게 여기는 생물을 배려하는 마음이 값진 것이다.

위의 곤충들 못지않게 만만하게 여긴 풀에 손가락을 벤 체험을 쓴 「방동사니」 역시 재미있다. 동음이의적인 언어활용의 묘미에서만이 아니다. '그까이꺼, 풀 풀 하면서 업신여겼던 풀, 그 풀에/나는 그만 풀이 죽어 고개 떨궈 울면서/붉은 피를 닦아내고 있었다' 그것은 위의 「송사리」와 함께 '연약한 사물이 억세고 굳센 것을 이긴다柔弱勝剛强' 는 노자 도덕경의 지혜를 떠올릴 만하다. 그리고 길 가의 시멘트 계단 틈새에 영양실조에다 연약한 풀 한 포기의 처지를 든 「풀에게」는 생명의 존엄성을 함께 생각하게 하는 작품이다.

문 시인은 결코 거창한 사회의 이념이나 엄청난 경제적 물량 및 권력 같은 거대담론을 외면한다. 그 대신에 통념과 달리 보다 자그맣고 주위에 지천하게 널린 채로 살고 있는 풀잎이나 꽃 아니면 곤충 같은 미시적 존재물의 세계에 따스한 정을 보내는 것이다. 이런 점에서 문효치의 시 세계는 여러 모

로 노자가 도의 지향 가치로 내세우는 물과 어둠이며 골짜기 같은 성향이 없지 않다.

시의 회화성과 응축미

언어예술인 시문학에서의 시어나 문장묘사 면에서도 문효치 시인의 기량은 대단한 흡인력을 지닌다. 「백제시 — 구다라고도百濟琴」에서는 일본에 건네진 한반도의 가야금격인 구다라고도百濟琴의 줄(현) 위에서 떨고 있는 한 마리 새를 통해서 한 서린 백제 여인의 치마폭이며 모국의 정취를 맛본다.

> 울안에 서 있는 감나무에/붉은 감도 익고 있었다//장광의 장항아리/메주가 삭아 구린내를 풍기고/저녁연기도 잠시 보였다//음계의 허름한 계단으로/현해탄의 물결이 올라왔다
>
> — 「백제시 — 구다라고도百濟琴」 중에서

이 시편은 시청각과 촉각, 후각을 몸에 스치도록 리얼하게 구현한 시의 퓨전적 회화화와 음악화를 이루고 있다.

또한 중기 무렵에 두드러진 그의 전통 서정성과 모더니즘적 이미지를 입체적으로 아우른 면이 인상적이다. 「각시붓꽃」 전문 경우는 식물의 현상적인 이미지를 수채화 이상으로 의인화해서 육체적인 관능의 욕망과 자연교감으로 빚은 체취 물씬한 시 작품이다. 동시에 허버트 리드의 견해처럼 사물의 인상을 최대로 응축한 시미학의 전범을 보인다. 전편 3연 7행으로 이루어진 설세와 짜임새가 돋보이는 것이다.

불면의 밤/뼛속으로는/뜨신 달이 들어오고//여기 체액을 섞어/허공에 환장할 그림을 그리는 것//유난히 암내도 많은/남의 각시

그런가 하면, 「휴전」에서는 남북 대치로 경계 지은 채 철조망 쳐진 전선을 꾀꼬리의 심장이나 꽃들로 표출하여 시문학의 밀도감을 높인다. 예의 상식적인 사람의 구호나 이념적 접근을 접은 나머지 한갓지고 내밀한 식물과 새의 부자유를 통해 분단의 긴장을 전하는 것이다. 무르익는 유월의 비무장지대 숲에 사는 닭의장풀과 꾀꼬리가 녹슨 철조망에 위험스럽게 사는 모순된 실상을 시의 후반에서 고발한다. 더욱이 끝구절의 이미지 치환 기법은 눈길을 끈다. 보이지 않는 관념적 대상인 세월을 낡은 절의 둔탁한 종소리 같은 가시적 얼굴로 표현한 소리의 조각화를 이루어서이다.

철조망의 가시/언제나 심장은 찔려 피 터지고…//고운 해 속으로 붉게 물들어가는/그 새의 등이 구부정하게 휜다//고찰의 타종처럼 둔탁한 얼굴의/세월이 무섭다

—「휴전」 중에서

야누스적인 표상의 새

특히 문효치 시 작품들에 자주 등장하는 새가 표상하는 바는 매우 유의미하다. 그것은 일찍이 엘리엇이 지칭한 객관적 상관물 이상의 상징적 기호로 기능하는 실체이기 때문이다.

어쩌면 이 새는 시인 자신의 분신적인 존재로서 때로는 의식의 대행 주체이고 더러는 죽음을 담보한 영혼이기도 하다. 그런 면에서 문 시인이 지닌 새의 성격은 이산(김광섭)의 비둘기나 미당(서정주) 시 속의 소쩍새는 물론 기독교적인 다형(김현승) 시에서의 까마귀들과도 상이하다.

문 시인 작품상에 보통명사로 활용된 새는 으레 야누스의 모습으로 변모되어 나타나곤 한다. 위에서 살펴본 「새·1」에서는 쫓겨난 새가 엄동의 하늘 밑에서 기진한 채 죽음의 문턱에 놓여 있었다. 그러나 「회상回想의 사월四月」에서는 시적 자아로서, 뜨겁게 산화해 간 영령들을 상기하며 욕망에 넘친 듯 외친다. '나는/날아오르는 새이고 싶다/울부짖는 새이고 싶다'

헌데 「새 – 백제 시편·5」에선 이제 막 젊음이 끝나려 할 때 돌연히 날아온 새는 시적 자아에게 죽음을 함께할 동지처럼 위무하듯 말한다. '임이여 죽음이란 이렇게 황홀한 것인가요 만날 수 없는 것 누릴 수 없는 것을 만나서 누릴 수 있게 해주는 것인가요 그래서 계백은 마누라도 죽이고 자기도 죽었나요' 하며 부활적인 죽음의 세계를 찬미한다. 이런 생각은 이미 삶과 죽음이란 이승과 저승을 수시로 오르내리며 부활하는 윤회로 다룬 그의 초기 시 「삶」과도 상통한다.

그래서 문효치 시인은 「저녁놀」에서도 밤하늘에 황혼을 수놓고 사라지는 새떼마저 소멸과 고행으로 여기지 않고 내일을 예비하는 아름다운 현상으로 여기는 혜안을 보인다. '새떼, 새까만 새떼는/하늘로 날아올라/주홍빛 물감으로 채색을 하며/허무의 저녁을 태우는/노을이 된다'

그리고 저녁놀에 상응하는 일출의 의미는 역사성을 아우르며 더 짙은 자연과 인간 합일의 현상으로 다가온다. 경주시

교외에 자리한 채 문무대왕의 호국 의지를 지닌 감은사 터 앞의 대왕암 부근의 새떼 날아오르는 일출 정경이 한결 눈부시다.

「대왕암 일출」 전문은 우리 함께 메리 크리스마스의 경건하고 간절한 마음으로 기원한 시편이다. 하루나 한 해를 여는 데서 얻는 새로운 탄생의 보람에다 소망 어린 축복을 담보하고 있다.

> 새롭게 태어날/추억과 사랑을 위해/허파의 한가운데쯤/제단을 쌓았다//막 솟아오르는 해/내 제단에 입히고/어깨에서 잠자던/새들 새들 새들/일제히 깨어나/비상을 한다//둥둥둥둥/바다는 북을 친다

위에서 문효치 문학의 반세기에 이르는 내용과 형식 및 의식에 걸친 시 조감도를 종횡으로 두루 살펴보았다. 태고로부터 이어진 채 삼국시대의 숨결에서 한반도와 일본을 거쳐 오늘의 세계와 우주로 펼쳐나간 그의 시야나 주변의 곤충이며 풀들에 닿는 시의 영지 확장 노력은 높이 살 일이다. 아울러 이에 발맞춘 문단 안팎에 걸친 한국문학 위상 높이기 작업은 앞으로 우리 문인들과 더불어 공동의 과제로서 꾸준하게 펼쳐갈 것으로 기대한다.